PUSH IN
TO LOCK

Las imágenes de este libro son una mezcla de bosquejos a tinta hechos a mano y fotografía digital en computadora (donde a los bosquejos se les coloreó y dio sombras, a las fotos se les dio un tono sepia, y se borraron los acondicionadores de aire descoloridos, los cubos de basura y los desperdicios industriales).



Primera edición en español, 2007

10 9 8 FAC-029191-16156

ISBN-13: 978-1-4231-0567-1

ISBN-10: 1-4231-0567-2 (pbk.)

Impreso en Malasia

Catalogado en la Biblioteca del Congreso. Datos de publicación en archivo.

www.hyperionbooksforchildren.com y www.pigeonpresents.com

This title won a 2005 Caldecott Honor Award for the English U. S. Edition published by Hyperion Books for Children, an imprint of the Disney Book Group, in the previous year in 2004.

# El Conejito Knuffle

UN CUENTO ALECCIONADOR POR **Mo Willems**

TRADUCIDO POR F. Isabel Campoy

**HYPERION PAPERBACKS FOR CHILDREN** / NEW YORK

No hace mucho tiempo,
antes de que supiera
hablar, Trixie se fue
a hacer un recado con
su papá. . . .

Trixie y su papá fueron hasta la esquina,

cruzaron el parque,

pasaron frente a la escuela,

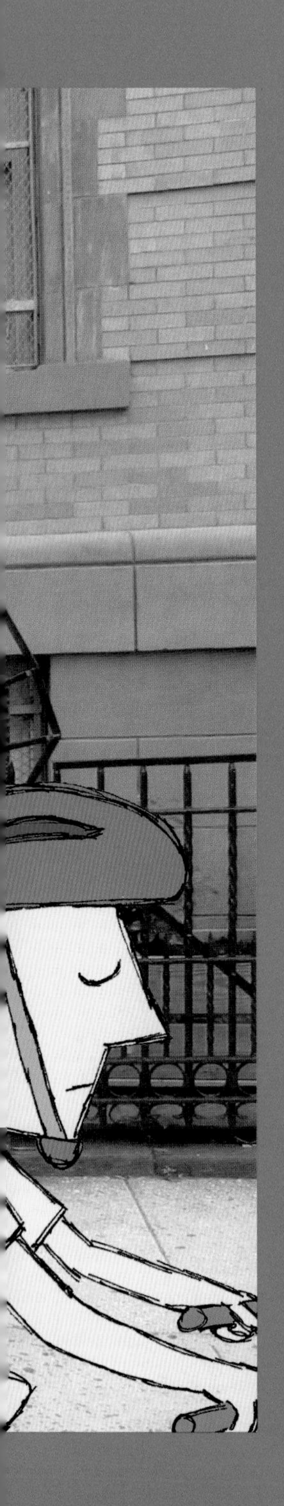

y entraron en la lavandería.

Trixie ayudó a su papá a meter la ropa en la lavadora.

OPERATING INSTRUCTIONS
Double Loader
$1.25
L
M
WARNING!
PUSH IN TO LOCK
$1.25

Hasta puso
el dinero en
la máquina.

Entonces se
fueron.

Pero a una
cuadra, más
o menos . . .

Trixie se dio cuenta

de algo.

Trixie miró a su papá y le dijo,

—Eso es—
contestó su papá.

—Vamos a casa.

¡AGUGU YACAYA MAGU!
dijo Trixie otra vez.

¡Yagugu macaya!
¡¿Yagama pamagu?!
Snif.

—Anda, por favor, no te pongas quisquillosa—
dijo su papá.

Claro, a Trixie no le quedó
más remedio . . .

y berreó.

Se convirtió en un trapo.

Hizo todo lo que pudo para que se dieran cuenta de lo enfadada que estaba.

Cuando llegaron a casa
su papá también estaba
enfadado.

Nada más
abrir la puerta,
la mamá de
Trixie preguntó,

Toda la familia corrió hasta la esquina.

Y cruzaron el parque corriendo.

Pasaron zumbando por delante de la escuela,

hasta llegar a la lavandería.

El papá de Trixie buscó
al conejito Knuffle.
Y buscó . . .
y buscó . . .
y buscó . . .

Pero el conejito Knuffle no estaba por ningún sitio. . . .

Así que el papá de Trixie decidió volver a buscar otra vez.

Hasta que . . .

¡¡¡MI CONEJITO!!!
¡¡¡MI KNUFFLE!!!

Y esas fueron las primeras palabras que dijo Trixie.

Este libro está dedicado
a la verdadera Trixie y a su mamá.
Con agradecimiento especial
a Anne y Alessandra;
Noah, Megan, y Edward;
y a la lavandería del 358 de la Avenida Sexta;
y a los vecinos de Park Slope, Brooklyn.

–Mo

PUSH IN
TO LOCK